AF364069

VENTE

AUX ENCHÈRES PUBLIQUES

les Lundi 7 et Mardi 8 Novembre 1892

A 2 heures

HOTEL DROUOT — SALLE N° 3 (ANCIENNE SALLE N° 5)

GRAVURES ANCIENNES

DES

Écoles Anglaise, Française, Flamande et Hollandaise

Pièces rares et curieuses.

EAUX-FORTES. — Épreuves avant la lettre

LITHOGRAPHIES

PIÈCES SUR LES BALLONS

Et concernant l'Histoire de Napoléon Iᵉʳ

Courses, Sport hippique et Équitation

Mᵉ Henri SANONER	M. E. GANDOUIN
COMMISSAIRE-PRISEUR	EXPERT
27, rue de Châteaudun.	31, rue des Saints-Pères.

EXPOSITION PUBLIQUE

Le Dimanche 6 Novembre 1892, de 1 h. 1/2 à 5 h. 1/2,
Salle n° 3.

PARIS. — IMPRIMERIE CHAIX. — 23264-10-92 — Encre Lorilleux.

CONDITIONS DE LA VENTE

Elle sera faite au comptant.

Les acquéreurs paieront, en sus des adjudications, **cinq pour cent** *applicables aux frais.*

L'exposition mettant le public à même de se rendre compte de l'état des objets, il ne sera admis aucune réclamation une fois l'adjudication prononcée.

DÉSIGNATION

GRAVURES ANCIENNES

EAUX-FORTES

LITHOGRAPHIES

---

1 — Anonyme. — Antiques. — Douze Sujets tirés sur la même feuille.

2 — Anonyme. — L'Apollon du Cimetière.

3 — Anonyme. — Les Bûcherons.

4 — Anonyme. — Carrière abandonnée. Peinture à l'huile.

5 — Anonyme. — Caricature anglaise : *A Game of Cricket*.

6 — Anonyme. — Trois Cachets formés de lettres entrelacées.

7 — Anonyme. — Cérémonie mortuaire de S. M. Maximilien-Joseph, le 18 octobre 1825.

8 — Anonyme. — Cartouche du XVIe siècle au centre duquel se voit un Chevalier avec une auréole rayonnante.

9 — Anonyme. — Chasseur appuyé à une barrière.
Dessin au lavis d'encre de Chine.

10 — Anonyme. — Caricature flamande : *By veele
zit de kei*, etc.

11 — Anonyme. — Portrait de M. X... Dessin à
la pierre noire.

12 — Aᵃ. 1598. — Dépeçage d'une Baleine échouée
sur le rivage.

13 — Albrien. — Daphnis et Chloé.

14 — Anonyme. — Exercices équestres. Lille, chez
Castiaux.

15 — Anonyme. — La Chasse de Rambouillet.
Lithographie.

16 — Saint-Aubin. — Exécution de la Sentence.

17 — Aveline (Pierre). — L'Été.

18 — Anonyme. — Empereur allemand.

19 — Anonyme. — Feuillet d'une Bible très ancienne.

20 — Anonyme. — Garde à vous. Nᵒ 1.

21 — Anonyme. — Général du Premier Empire.

22 — Anonyme. — Il faut le voir pour le croire...

23 — Anonyme. — Lecteur près d'une fenêtre.

24 — Anonyme. — Les Patineurs.

25 — Abdegraven (H.). — Parabole du Mauvais
Riche. Trois pièces.

26 — Anonyme. — La Grotte de Thétis. *Dessein
du feu d'artifice tiré pour la fête du Roy
aux Tuilleries.*

27 — ANONYME. — La Mort emportant un jeune enfant.

23 — ANONYME. — Les Jumeaux.

29 — ANONYME. — La vraie Queue du Diable.

30 — ANONYME. — L'Optique, d'après BOILLY.

31 — ANONYME. — Mante anglo-française.

32 — ANONYME. — Nous jurons de faire baisser la toile.

33 — ANONYME. — Placard sur la mort du général Boulanger.

34 — ANONYME. — Programme du jeudi 29 novembre 1855, pour la représentation du théâtre de la Tchernaïa.

35 — ANONYME. — Programme de spectacle, imprimé sur soie.

36 — ANONYME. — Philémon et Baucis.

37 — ANONYME. — Une Peinture.

38 — ANONYME. — Vignette pour les Chansons de Béranger.

39 — AVED. — La belle Fileuse.

40 — ANONYME. — Vignette. — Quatre pièces collées sur la même feuille.

41 — ANONYME. — Zéphir et l'Amour.

42 — H. ALKEN. — Caricature.

43 — ANONYME. — Le Soleil.

    Id. — Mercure.

    Id. — La Lune.

    Id. — Mars.

    Id. — Vénus.

Anonyme — Saturne.

Id.   — Jupiter.

44 — Anonyme. — Henri IV et la Belle Gabrielle.

45 — Anonyme. — La Marchande disputée.

46 — Anonyme. — Pièce satirique sur les agioteurs. — Verklaaring op de Print door. Philadelphus.

47 — Anonyme. — Nieuwe Volkplanting oni vind.

48 — Anonyme. — Caricature hollandaise de Malle Actionisten, etc.

49 — Anonyme. — De Inbeelding ; Heersseres, etc. Pièce satirique hollandaise.

50 — Anonyme. — De Wind Koopers, etc. Pièce satirique hollandaise.

51 — Anonyme. — De (Zuidzé Compagnie d'oor Wind, etc.). Pièce satirique hollandaise.

52 — Anonyme. — Danée et le Satyre. Pièce entourée d'arabesques et d'attributs dans lesquels se voient des figures grotesques.

53 — Anonyme. — Caricature sur Vendôme.

54 — Anonyme. — Programme de spectacle de la Cour de Louis XV.

55 — Anonyme. — Marche du Corps de la Ville de Paris pour l'érection de la statue équestre du Roy dans la place de Louis-le-Grand, le aoust 1699.

56 — Anonyme. — Salmacis et Hermaphrodite.

57 — Anonyme. — Le Réveille des Filles de Madame.

*** — Marchande de Modes.

58 — Anonyme. — La Nuit de Noces.

59 — Anonyme. — La Surprise agréable.

60 — Anonyme. — Nielle figurant un V.

61 — Anonymes. — Caricatures de Danseuses, 1824-1825. Lithographies.

62 — Anonyme. — La Tireuse de cartes, satire politique.
Mlle Lenormand. Lithographie.

63 — Anonymes. — Wild Ducks, heath-cocks. Deux pièces en couleurs.

64 — Anonyme. — Silhouettes de Victor Hugo et Frédéric Soulié.

65 — Anonyme. — Oraison funèbre. Lithographie.

66 — Anonyme. — Portrait de Mlle Mars.

67 — Anonyme. — Je suis destitué! Bonsoir. Lithographie.

68 — Anonyme. — Portrait de Villers Ilsle-Adam.

69 — Anonyme. — Le Capitan. 10 épreuves.

70 — Divers. — Sur la même feuille, quatre Vignettes sujets divers. Épreuves anciennes.

71 — P.-B. — Sacrifice au Dieu Priape.

72 — P. Barbier. — Salle de Concert dans l'édifice de la Société Félix Méritis, à Amsterdam.

73 — Barye. — Étude de Chats. Lithographie.

74 — P.-A. Baudoin. — Le Poète Anacréon.

75 — Baudouin. — Le léger Vêtement.

76 — P.-A. Baudoin. — Les Soins tardifs.

77 — F. Bartolozzi. — Cupid and Psche.

78 — F. Bartolozzi. — Le Silence.

79 — H. Bellangé. — A Charlet le peuple. Lithographie.

80 — Berghem. — Têtes de moutons.

81 — A. Belin. — Débuts de Mlle Clémence Rosatti. Lithographie.

82 — N. Bertin. — La Gayeté de Silène.

83 — Binet. — Le Chasseur.

84 — Binet. — Le Paysan perverti. Suite de dix pièces.

85 — Binet. — La faible Résistance ou le Verrou.

86 — Binet. — La faible Résistance ou le Verrou (double du précédent).

87 — Binet. — La Sollitude agréable.

88 — Le Blond. — Un Fauconnier.

89 — Bonnart (fils). — Jeune Femme lisant.

90 — L. Boilly. — Le Cabaret.

91 — L. Boilly. — Le Jeu de Tonneau.

92 — Boilly. — Nous étions Deux, nous voilà Trois.

93 — Boilly. — Prends ce Biscuit.

94 — De Boissieu. — Croquis et études, 17 pièces.

95 — Bonnigton. — La Consultation.

96 — Borel. — Il a cueilli ma Rose.

97 — Bonvin. — L'Ecole de filles. Lithographie.

98 — F. Boucher. — L'Amour oiseleur.

99 — F. Boucher. — La Belle Dormeuse.

100 — F. Boucher. — La Caravane.

101 — F. BOUCHER. — Diane et Actéon.
102 — F. BOUCHER. — Les fruits du Ménage.
103 — F. BOUCHER. — The Carefull Mother.
104 — F. BOUCHER. — Lesté.
105 — F. BOUCHER. — La mort d'Adonis.
106 — F. BOUCHER. — Première Vue de Charenton.
107 — F. BOUCHER. — Le Printemps.
108 — F. BOUCHER. — Les Présents du Berger.
109 — F. BOUCHER. — Seconde Vue de Beauvais.
110 — F. BOUCHER. — Seconde Vue des environs de Charenton.
111 — F. BOUCHER. — Le Sommeil interrompu.
112 — P. BRUEGEL. — Les Richesses font les Larrons. L'or et l'argent en a détruit plusieurs.
113 — LE BRUN. — Le Charme de la Liberté ou l'Amour *vainqus*.
114 — H. BUNBURY. — Charlotte.
115 — CALLOT. — Rue Neuve de Nancy.
116 — CALLOT. — Les Belles Dames. — Les Filleuses.
117 — CALLOT. — Fileuse et Dévideuse. — Dames de qualité. Deux pièces.
118 — CAZENAVE. — A l'Amour il faut se rendre.
119 — CENDRILLON. — Journal de modes. Trois épreuves.
120 — CHALLAMEL. — La Musique. Le Petit Modèle. La Mort de Duguesclin. 3 pièces. Lithographies.

121 — CHARLET. — Dieu! Mes ennemis, etc.

122 — CHARLET. — Dieu vivant! brûler, etc.

123 — CHARLET. — Ils sont les enfants de la France. — Deux épreuves. Lithographie.

124 — CHARLET. — Je te salue grand Homme!

125 — CHARLET. — Misère de la Guerre. Lithographie.

126 — CHARBONNEL. — La Cigale.

127 — CHARBONNEL. — La Toilette.

128 — CHAUVET. — Cartouche Louis XV.

129 — D. CHODOWEKI. — Le Roi Frédéric debout devant Ziethew.

130 — CIPRIANI. — Aspasie.

131 — G.-B. CIPRIANI. — Les Fruits inutiles.

132 — I.-B. CIPRIANI. — Love and Fortune.

133 — C.-V. COCHIN. — Mémoire de l'Académie de Chirurgie. — Frontispice.

134 — C.-V. COCHIN. — Le plaisir des bonnes gens.

135 — COIPELLE. — Le Feu.

136 — C. COYPEL. — Qui que tu sois, voicy ton Maître, etc.

137 — H. CORBOULD. — Volume III. — Frontispice.

138 — M. COSWAY. — Le Boudoir.

139 — COURT. — L'Enfant trouvé.

140 — DACHERY. — La Danseuse.

141 — CH. DAUBIGNY. — Le Guet du Chien.

142 — C. DAUBIGNY. — Les Hérons.

143 — DAUBIGNY. — Pommiers en fleurs.

144 — DARCIS. — La Découverte.

145 — H. DAUMIER. — Il y a quelqu'un..., Lithographie.

146 — DECAMPS. — Chasse en plaine. Lithographie.

147 — DECAMPS. — Chiens et Singes savants. Lithographie.

148 — DECAMPS. — Les Deux Chiens. Eau-forte originale.

149 — DECAMPS. — Croquis trois pièces. Lithographie.

150 — DECAMPS. — Sancho Pança.

151 — DECAMPS. — Le Savoyard et son Singe.

152 — DECAMPS. — Titres de Romances. — Trois pièces. Lithographie.

153 — DELACROIX. — Lion dévorant un lapin. Lithographie.

154 — DELACROIX. — Rencontre de Cavaliers maures.

155 — DELACROIX. — Tigre couché. Deux épreuves.

156 — DELAMARRE. — Nouveau Plan de la Ville de Blois, etc., etc. Juin 1857.

157 — P. DELAROCHE. — Sainte Amélie.

158 — DENON. — Tête de jeune Fille.

159 — GÉRARD DOW. — La Femme hydropique.

160 — DESENNE. — Paul et Virginie. Huit pièces.

161 — DÉVERIA. — La Bonne Mère Henri, les Belles Dames, la Réprimande. Lithographie.

162 — DÉVERIA. — Souvenirs d'enfance. Lithographie.

163 — DÉVERIA. — Trois Vignettes, sujets divers.

164 — Ducreux. — Le Bailleur.

165 — Albert Durern. — Martyre de sainte Catherine.

166 — École anglaise. — Le Duel.

167 — C. Eisen. — Le Bouquet.

168 — F. Eisen. — Le Beau Commissaire.

169 — Charles Eisen. — La Vertu sous la garde de la Fidélité.

170 — Charles Eisen. — La vertu sous la garde de la Fidélité (double du précédent).

171 — Fac-Simile. — Allégorie du Dessin.

172 — Fac-Simile. — La Tentation.

173 — Fac-Simile. — Descente de Croix.

174 — Fac-Simile. — Le Christ insulté par les Soldats.

175 — Fielding. — Chien et Bécasses. Lithographie.

176 — Contes et Fables de La Fontaine. 14 pièces, par Divers.

177 — B. Franco. — Saint Jean-Baptiste prêchant.

178 — Fragonard fils. — L'Amour vengé.

179 — H. Fragonard. — Les *Baignets*.

180 — H. Fragonard. — Le Chiffre d'Amour.

181 — Fragonard. — Derniers Adieux de Napoléon à sa Famille.

182 — H. Fragonard. — L'heureuse Fécondité.

183 — Fragonard. - La Résistance inutile.

184 — Fragonard. — Le Verrou.

185 — Fromentin. — Courriers (pays des) Ouled Nayls.

186 — A. G. — Saint Michel terrassant le Diable.
Saint Michel pesant les âmes.

187 — C. GALLE. — Triomphe de Jésus-Christ.

188 — Galerie de S. A. S. Monseigneur le duc
d'Orléans. — Sujets divers, 37 pièces.
Épreuves anciennes.

189 — GAVARNI. — Seule au rendez-vous Lithographie.

190 — GAVARNI. — Un Écossais. Lithographie.

191 — GÉRARD. — N. Corvisart.

192 — GÉRICAULT. — Cheval arabe.

192 *bis*. — GÉRICAULT. — Postillon. Lithographie.

193 — KARL-GIRARDET. — Le Jeu de la Barrière.

194 — KARL-GIRARDET. — L'Ombre du Cavalier.

195 — GIRODET. — Le Sommeil.

196 — GIRODET. — Zéphir.

197 — F. GODEFROY. — Les *Poulles* aux guinées.

198 — GRANVILLE et FOREST. — Bascule politique.
Lithographie.

199 — GRANVILLE. — Grande Course au clocher
académique.

200 — GRANVILLE. — Visite domiciliaire. Lithographie.

201 — M. GREUTER. — Les Parques.

202 — J.-B. GREUZE. — La Lecture.

203 — J.-B. GREUZE. — La Mélancolie. — Dédiée à
Madame la Duchesse de Luynes.

204 — GREUZE. — Le Ménage ambulant.

205 — J.-B. GREUZE. — La Mort de Marie-Madeleine.

206 · J.-B. GREUZE. — L'Oiseau mort.

207 — J.-B. GREUZE. — La Musique.

208 — J.-B. GREUZE. — La Paresseuse.

209 — J.-B. GREUZE. — L'Oiseau mort.

210 — GREUZE. — La Vertu chancelante.

211 — HB. — Caricature anglaise : *A Fancy Slyetch.*

212 — W. HAMILTON. — Jolis Enfants qui jouent à la boule dans la *Trappe.*

213 — G.-H. HARLOV. — The Proposal.

214 — M. R. H. — Nouveau Recueil de diverses têtes d'animaux, etc. 7 pièces.

215 — HERSENT. — Daphnis et Cloée.

216 — J.-B. HUET. — L'Amour devoille les yeux de l'Innocence, etc.

217 — J.-B. HUET. — Ce qui est bon à prendre et bon à garder.

218 — HUET (fils). — Le Départ pour la Chasse.

219 — J.-B. HUET. — La Douceur et l'Amitié enchaînent l'Amour.

220 — J.-B. HUET. — La Fidélité couronne l'Amour.

221 — J.-B. HUET. — L'Innocence reçoit de l'Amour, etc.

222 — G. HONTHORST, — Wilhemus III. D. G. Princeps Arausiounm.

223 — INGRES. — Maison où est né Raphaël, à Urbin.

224 — P. IM. — Allégorie.

225 — E. ISABEY. — Dames et Seigneurs.

226 — I. ISABEY. — Une Crèche.

227 — E. Isabey. — Paysage Normand. — Deux
      États différents. — Lithographie.
228 — Isabey. — Port Normand. — États différents.
      Lithographie.
229 — I. Jackson. — Philip James de Loutherbourg.
      esq. R. A.
230 — Jaurat. — La Belle Rêveuse.
231 — Jazet. — La Chasse au Sanglier.
232 — Tonny Johannot. — La Mode, planche 69.
      La Mode, planche 122.
233 — Kauffmann. — Enfants jouant à la toupie.
234 — Laborde. — Cinq Vignettes en deux feuilles.
235 — A. Lançon. — Etude retouchée par l'artiste.
      Deux Epreuves.
236 — A. Lançon. — Un Lion.
237 — A. Lançon. — Famille d'Ours.
238 — A. Lançon. — Sangliers dans la neige. Deux
      états.
239 — A. Lançon — Famille de Singes.
240 — A. Lançon. — Tigre.
241 — Lanté. — Laure de Noves.
242 — Lemire. — Voug enterrant sa fille.
243 — A. de Lemud. — L'Echarpe. Lithographie.
244 — A. de Lemud. — Hoffman. Lithographie.
      2 épreuves.
245 — Lenepveu. — Mireille. Photographie.
246 — John Linnell. — Sir Robert Peel.
247 — I.-P. Louterbourg.—Le Taureau. — L'Orage.
      Deux pièces.

248 — MADOU. — La Lecture sous le Directoire.
Lithographie.
249 — MALBESTE. — Dix croquis sur une feuille.
250 — MARCUARD. — Surprise au Bain.
251 — L. MARVY. — Un été en voyage (titre).
252 — MELLAN. — La Face de Jésus-Christ.
253 — MÉRIMÉE. — L'Innocence.
254 — METSU. — La Visite à l'accouchée.
255 — NICOLO MENGHINI. — Le Retour de la Chasse.
256 — MEISSONIER. — Les Soudards. Eau-forte
originale.
257 — E. MEISSONIER. — Les Joueurs de Cartes.
258 — MEISSONIER. — Un Reître.
259 — HENRI MONNIER. — Le Voyageur.
260 — H. MONNIER. — Apothicaire.
261 — HENRY MONNIER. — Les Mécontents.
262 — E. LE MOINE. — L'Air.
263 — MR... — Offrande à Vénus ou la Victime
agréable.
264 — MR... — L'Agréable Moment ou le Songe
délicieux.
265 — J.-M. MOREAU. — Le Lutrin, etc. Douze
pièces.
266 — J.-M. MOREAU. — La Nature étalait à nos
yeux, etc. *(Émile)*.
Piqué de ma raillerie, il s'évertue, etc.
(Émile).
267 — J.-M. MOREAU. — Il retourne chez ses égaux
(Discours sur l'égalité des conditions).

Courons vite : l'astronomie est bonne à
quelque chose *(Émile)*.

268 — J.-M. MOREAU. — Le Dévouement maternel.
— Le Devin du village.

269 — J.-M. MOREAU. — Iphis. Tragédie.
La Découverte du monde. Tragédie.

270 — J.-M. MOREAU LE JEUNE. — A la Reine.

271 — J.-M. MOREAU LE JEUNE. — Au Roi.

272 — MOREAU LE JEUNE, COCHIN et LE BARBIER. —
Vignettes. Quatorze pièces.

273 — J.-M. MOREAU. — L'Accord parfait.

274 — MONSIAU. — Ève offrant la pomme à Adam.

275 — Typ. C. de Mourgues. — Programme du
Théâtre Impérial de Compiègne, spectacle
du samedi *21 novembre 1863*.

276 — MUZELLE. — Modèle d'orfèvrerie.

277 — A. D'ORSZAGH. — Scène de la Révolution.
Lithographie.

278 — A.-V. OSTADE. — Buveurs à la fenêtre.

279 — A. OSTADE. — Le Marchand de drogues. —
Le Savetier.

280 — A. OSTADE. — Les Musiciens ambulants.

281 — A.-V. OSTADE. — Musico hollandais.

282 — A.-V. OSTADE. — La Partie de dames.

283 — A.-V. OSTADE. — Son Portrait.

284 — A.-V. OSTADE — Scène de cabaret.

285 — A.-V. OSTADE. — Titre de son œuvre.

286 — A.-V. OSTADE. — Villageois dansant dans
un intérieur.

287 — PATER. — Le Baiser donné.

288 — PATER. — Le Baiser rendu.

289 — PATER. — Marche comique.

290 — LE PAUTRE. — Vue d'un Château.

291 — PERCIER. — Un Lit style Empire. Autographie.

292 — PETERS. — Le Vigneron galant.

293 — J.-B.-M. PIERRE. — Les Serments du Berger.

294 — C. POELENBURG. — Les Vaches.

295 — PORTIER. — Le Café politique.

296 — LE PRINCE. — L'Amour de la Gloire.

297 — C^lle PROCACCINI. — Création d'Ève.

298 — PRUD'HON. — Assomption de la Vierge. Lithographie.

299 — PRUD'HON et DIVERS. — Paul et Virginie. Huit pièces.

300 — PRUD'HON. — La Vengeance de Cérès.

301 — F.-M. QUEVERDO. — La Récolte d'automne.

302 — F.-M. QUEVERDO. — Glorification de Henry IV.

303 — M. R. — Profanation des Livres sacrés.

304 — RADEL. — Tapissier, intérieur d'une boutique et différents ouvrages.

305 — RAFFET. — Charge de cavalerie. Lithographie.

306 — RAFFET. — Huit Croquis. — Lithographie.

307 — RAFFET. — Croquis. Lithographie.

308 — RAFFET. — Il y a du plaisir à voir manger les Artistes. Lithographie.

309 — RAFFET. — Ils ont tenu parole.

310 — RAFFET. — Jean Jean les anciens, etc. Lithographie.

311 — RAFFET. — L'ennemi ne se doute pas que nous sommes là. Lithographie.

312 — RAFFET. — Ma fille la Contrariété, etc. — Lithographie.

313 — RAFFET. — Le Réveil. Lithographie.

314 — RAFFET. — La Revue nocturne. Lithographie.

315 — RANSONNETTE. — En-tête de lettre.

316 — RAPHAEL. — L'Adoration des Bergers.

317 — RAPHAEL. — Apparition des Prophètes. Lithographie.

318 — RAPHAEL. — Lutte.

319 — RAPHAEL. — La Vierge aux Candélabres.

320 — RAPHAEL. — La Vierge à la Chaise.

321 — RAPHAEL. — La Belle Jardinière. Deux épreuves.

322 — RAPHAEL. — La Vierge au Poisson.

323 — RAPHAEL. — La Vierge de la Maison d'Albe.

324 — RAPINE. — Modèle de serrurerie du xv° siècle.

325 — N.-F. REGNAULT. — Soir.

326 — REMBRANDT. — Baigneuse.

327 — REMBRANDT. — Femme plumant une volaille.

328 — REMBRANDT (d'après). — Jésus chez Caïphe.

329 — REMBRANDT. — Susanne et les Vieillards.

330 — G. REYNOLDS. — Lord Grantham. — Hon° Frederich Robinson. — Hon° Philip Robinson.

331 — LÉOPOLD ROBERT. — Les Moissonneurs dans les Marais Pontins, par MERCURI.

332 — LÉOPOLD ROBERT. — Les Moissonneurs dans les Marais Pontins (Double du précédent).

333 — ROBERT. — La Petite Fileuse.

334 — HUBERT ROBERT. — Ruines.

335 — ROBERTS. — Le Styx.

336 — ROBERTS. — Ninive.

337 — ROBILLARD. — Aventures de M. Mayeux. Douze pièces. Lithographie.

338 — C. ROQUEPLAN. — Le Jeune Pâtre, les Enfants perdus, les Deux Mères, l'Escalade, la Cuisinière. Lithographies.

339 — ROQUEPLAN. — Le Moine. Lithographie.

340 — ROQUELAN. — Titre de Romance. Lithographie.

341 — ROY. — Arrachart, occuliste, membre de l'Accadémie Royale de Chirurgie.

342 — P. LE ROY. — Titre pour morceaux de musique.

343 — SÉ. LE ROY. — Scènes de Mœurs du XVIIe siècle. Huit pièces.

344 — SCHALL. — Le Bouquet impromptu.

345 — J.-E. SCHENAU. — Le Maître de guitarre.

346 — SICARDI. — Ah ! quel plaisir.

347 — SICARDI. — Oh ! quelle douleur.

348 — SICARDI. — Le Petit Gourmand pris en défaut.

349 — ÉD. SWEBACH. — La Course.

350 — SWEBACH. — Le Haras.

351 — SWEBACH. — Le Marché aux Chevaux.

352 — D. TENIERS. — La Fumeuse.

353 — DAVID TENIERS. — Réjouissances flamandes.

354 — CH. LE TOURNEUR. — Mlle Agar, du Théâtre-
    Français.

355 — TOUZET. — L'Amant victorieux, suite du
    Verrou.

356 — TOUZET. — L'Amant victorieux, suite du
    Verrou. (Double du précédent.)

357 — TROYON. — Le Repos.

358 — T. UWINS. — Hop Picking.

359 — CARLE VERNET. — L'Abreuvoir musulman.

360 — CARLE VERNET. — Chasse anglaise.

361 — CARLE VERNET. — Cheval arabe et son Cava-
    lier.

362 — CARLE VERNET. — Chevaux en liberté.

363 — CARLE VERNET. — La Lilly.

364 — CARLE VERNET. — Le Marché aux Chevaux.

365 — C. VERNET. — Le Renard pris.

366 — H. VERNET. — Les Adieux.

367 — J. VERNET. — Douzième vue d'Italie.

368 — CARLE VERNET. — L'Arrivée, le Départ,
    Chasse à courre, Chasse du Duc de Berri,
    Courses de Paris, et 40 autres pièces
    diverses qui seront divisées.

369 — ÉCOLE ANGLAISE. — Pièces en noir et en cou-
    leur. — Chasses à courre, au renard, au
    cerf, Courses, Portraits de chevaux, Che-
    vaux au manège.

370 — Par Divers. — Chevaux de manège, Pièces sur l'Équitation. Lithographies de Carle et d'Horace Vernet.

371 — Léonard de Vinci. — La Vierge aux Rochers.

372 — A. Watteau. —Les *Agremens* de l'*Esté*.

373 — A. Watteau. — Le Bal *Champestre*.

374 — A. Watteau. — Fêtes Vénitiennes.

375 — A. Watteau. — Portraits de Watteau et de M. Julienne.

376 — A. Watteau. — Retour de Campagne.

377 — A. Watteau. — Sérénade.

378 — Watteau. — Femme agenouillée et diverses Études à l'eau forte.

379 — F. Wheatley. — Summer.

380 — P.-A. Wille. — *Gouté* champêtre.

381 — Dav. Wilkie. — Politiques de Village.

382 — Wolf (l'Aîné). — La Douceur. — L'Amitié.

383 — Wolff (l'Aîné). — Flore.

384 — Wood. — La Marchande disputée.

PIÈCES

Concernant l'Histoire de Napoléon Ier

385 — ANONYME.— Chapelle ardente de Napoléon Ier aux Invalides.

386 — ANONYME. — Son ombre me guide. Lithographie.

387 — ANONYME.— Séjour des Ombres. Lithographie.

388 — CHATAIGNIER. — Les Trois Consuls.

389 — ANONYME. —Translation des restes mortels de l'Empereur. Lithographie.

390 — ROEHN. — Bivouac de Napoléon.

391 — ANONYME. —Entrée du Premier Consul Bonaparte dans la ville de Rouen.

392 — ANONYME. — La Métamorphose.

393 — ANONYME. — L'Ombre de Napoléon.

394 — ANONYME. — Échange des pouvoirs pour le traité de paix.

395 — ANONYME. — Le Bouquet Impérial.

396 — C. B. L. — Effigies des Rois d'Italie.

397 — LE PAN. — Cérémonies du Retour des Cendres de Napoléon Ier. Lithographie.

398 — ANONYME. — Glaive de Napoléon Ier.

399 — ANONYME. — Assieds-toi sur mes genoux, tu ne gêneras personne.

400 — ANONYME. — Il sera digne de la France.

401 — ANONYME. — Son ombre les épouvante.

402 — E. M. W. — Un grand Trône tout près d'un grand Tombeau.

403 — ANONYME. — Voilà la plus cuite, mon empereur.

404 — ANONYME. — La face de Napoléon Ier figurant le soleil.

405 — ANONYME. — Entrée triomphante des Français dans la ville de Madrid.

406 — BORDES. — Napoléon exposé mort sur le lit de camp d'Austerlitz.

407 — ANONYME. — Tableau général des Victoires éclatantes, etc.

408 — ANONYME. — L'Empereur visite le champ de bataille, etc.

409 — ANONYME. — Les Adieux des deux Empereurs.

410 — MARTINET. — Trait de bonté de l'Empereur.

411 — DAVID. — Mariage de Napoléon Ier.

412 — CHARLET. — Chacun son métier.

413 — ANONYME. — Le Songe.

414 — P. — Allégorie relative à Buonaparte, etc.

415 — H. VERNET. — Le Rocher.

416 — ANONYME. — Sommeil de Napoléon au bivouac.

417 — C. VERNET. — Napoléon au retour de l'île d'Elbe.

418 — Goubeaud. — Portrait du prince Louis. (Napoléon III). Dessin à la pierre noire.

419 — Mimeret. — Portrait de Napoléon. Deux épreuves.

420 — Carriere. — Napoléon II. Lithographie.

421 — Anonyme, 1819. — Napoléon sur son rocher. Lithographie.

422 — Anonyme. — Napoléon sur la colonne Vendôme.

423 — Charlet. — L'Empereur.

424 — Naudet. — Napoléon Ier, Empereur des Français et Roi d'Italie.

425 — C. Vernet. — Portrait équestre du Premier Consul.

426 — Dessiné à Vienne. — Napoléon (François-Charles-Joseph), duc de Reichstad, né à Paris, le 20 mars 1811.

427 — C. Vernet. — Napoléon.

428 — F. Gérard. — S. M. le Roi de Rome.

429 — A.-F. Hurez. — Napoléon.

430 — L. David. — Le Couronnement de Napoléon Premier.

431 — Isabey. — Marie-Louise.

432 — Maurin. — Duc de Reischtatd.

433 — Anonyme. — Napoléon (François), Duc de Reischtatd.

434 — Manduison. — Portrait de Napoléon.

435 — Anonyme. — Explication de l'Estampe représentant la bataille d'Austerlitz.

436 — ANONYME. — Convoi funèbre de Napoléon.

437 — ANONYME. — Une Pensée figurant la face de
Napoléon Ier.

438 — ANONYME — Le Roi de Rome. — Je prie
Dieu, etc.

439 — D. — Portrait du Roi de Rome.

440 — FORESTIER. — Face et Revers de Médaille.

441 — PRUDHON. — Le Sommeil du Roi de Rome.

442 — RANSONNETTE fils. — Bonaparte étudiant.

443 — CHARLET. — L'Empereur et la Garde impé-
riale. Lithographie.

PORTRAITS

444 — ANONYME. — Bossuet (Portrait).

445 — ANONYME. — Chérubini.

446 — A Paris, chez Alibert. Mme Dugazon.

447 — ANONYME. — Portrait de X.

448 — ANONYME. — Un Membre du Parlement.

449 — ANONYME. — J.-J. Rousseau.

450 — J.-H. BEMVELL. — Charlotte Corday.

451 — BERRUER. — Destouches.

452 — L.-S. BOIZOT. — Louis XVI, Roy de France.

453 — W. BEECHEY. — Prince Augustus Frederick, Duc de Sussex, etc., etc.

454 — EDELINCK. — Abraham du Quesne, lieutenant général des armées navales du Roy.

455 — COEURÉ. — Batiste Cadet, acteur du Théâtre Français.

456 — A. CALLET. — De Bernis (portrait).

457 — CHASSELAS. — Mlle Mars.

458 — C.-N. COCHIN. — Jean-Nicolas Moreau, premier chirurgien de l'Hôtel-Dieu de Paris.

459 — DUPLESSIS. — Christophe-Gabriel Allegrain, sculpteur du Roi, etc.

460 — ANONYME. — Fénelon (portrait).

461 — Ferrand. - - Portrait de M. X... — Lithographie.

462 — Grevedon. — Portrait de M. X...

463 — P.-C. Ingouf. — Dessin du dessus de la *boëte* donnée par madame la Comtesse d'Artois à M. Busson, son premier médecin.

464 — Julien. — Ignace Potocki. Lithographie.

465 — Julien. — Stanislas-Kostka Potoki. Lithographie.

466 — G. Kneller. — La Comtesse de Rutland.

466 *bis* G. Kneller. — The Countesse of Rutland, (Double du précédent.)

467 — Lawrence. -- Le Duc de Richelieu.

468 — P. Lely. — Ortance Manzini, duchesse de Mazarin, etc.

469 — P. Lion. — Count. de Guignes, the French Ambassador.

470 — A. Masson. — Le Fèvre d'Ormesson.

471 — H. Meyer. --- Major Cartwricht.

472 — J.-M. Nattier. — Madame Marie-Henriette de France. — Le Feu.

473 — Pauquet. — Portrait de X...

474 — Raphael. — Portrait de Carondelet.

475 — J. Reynolds. — Honorable Lady Bingham.

476 — Rigaud. -- Jean Regnard.

476 *bis* Aved. — Joliot de Crébillon.

477 — Rouget. — Princesse royale.

78 — De Saint-Aubin. — Portrait vu de profil.

479 — G. Sanders. — Lord Byron.

480 — J. Smart. — S. Henry Clinton, K. B.

481 — V. Sichom. — Alexander Farnesius Parmæ, etc., etc.

482 — Soliman. — J.-J. Rousseau.

483 — S. P. 1830. — Portrait. Lithographie.

484 — Le Sueur. — Louis-François-Gabriel de la Motte, évêque d'Amiens.

485 — W. S. — The Dutchesse Mazarin.

486 — Tournière. — Louis Pecour, pensionnaire du Roy, compositeur des Balets de l'*Academie Royalle*, etc.

486 *bis* R. Tournière. — Louis Pecour. (Double du précédent.)

487 — De Troy. — Madame de Miramion.

488 — Vanloo. — Louis-Stanislas-Xavier de France, Monsieur, né à Versailles, le 17 novembre 1755.

489 — Walton. — Mademoiselle Mars.

490 — D. Weisse. — Portrait de X...

491 — Quenedey. — Portrait de X...

492 — C. L. P. 1817. — Portrait.

493 — C.-N. Hodjes. — Portrait de X...

494 — Leroy. — J.-A. Roucher.

495 — Moreau. — Voltaire.

496 à 500 — Sous ces numéros, quantité de Gravures anciennes non désignées.

EAUX-FORTES

DE

CH. JACQUE

501 — Cн. Jacque. — Le Bac. — La Baratteuse.
— Bateaux, effet du matin. — Chau-
mières. — La bonne Compagnie. — Bords
de la Seine. — Brebis et Agneaux. —
Cheval au repos à la lisière d'un bois. —
Cheval s'abreuvant près du puits. — Le
Coup de l'étrier. — Cheval sous un han-
gar. — Les Buveurs de cidre. Quatre états
différents. — Cricey, 1843. — Cour nor-
mande. Buveur coiffé d'un chapeau.
Deux états différents. — Dames dans un
parc. — Entrée d'une Porcherie. — (d'après)
Entrée d'une porcherie. Troupeau de porcs
sortant d'un bois. Porcs couchés. — Le
Fendeur de souches. — La Forge. —
Le Fumeur. — La grande Ferme. Deux
Épreuves. — Grand Troupeau de porcs.
— Troupeau de porcs sortant du bois.
Deux Épreuves — Hiver, lisière de forêt.
Trois Épreuves. — L'Hiver. Deux états
différents. — (d'après) Homme assis à terre,
lisant. Deux Épreuves. — Intérieur de ferme.
— Intérieur de Cour animé de figures.
— Ile Saint-Ouen. Deux états. — La Lai-

501 (suite).

tière. — La Lessiveuse. — Marché d'animaux. — Le Marchand de melons. — La Mort du cochon. Deux Épreuves. — Moulin Debray. Deux Épreuves dont une copie. — Moutons sortant de l'étable. — Un Musicien. — Hiver, lisière de forêt. — Un Musicien. — Une Nymphe. Trois Épreuves. — (d'après) Oie et Chaudron. Deux Épreuves. — Pastorale. Deux états différents. — Une Pastorale. — Paysanne récurant. — Paysanne épluchant des légumes. Deux Épreuves. — Paysanne conduisant une vache. — Le petit Berger. — La petite Bergère. — Les petites Mendiantes. — Le Pot vide. — Porcs couchés. Deux Épreuves. — La Prière. — Le Printemps. — La Pluie. Deux Épreuves. — Le Puits de la Ferme. — Le Puits. — Le Rémouleur. Deux Épreuves. — Le Repas des porcs. Deux états différents. — Le Repas du curé. Deux Épreuves. — Le Repos pendant la moisson. — Le Repos. — Saules et Roseaux. — Le Soir, Vaches conduites à l'abreuvoir. Deux Épreuves. — Un Troupeau de porcs. Trois états différents. — Vaches à l'abreuvoir. Troits états différents. — Vieillard coiffé d'un grand chapeau. Deux Épreuves. — Le grand Troupeau. Photographie.

PIÈCES

SUR LES BALLONS

DIVERS

515 — Sous ce numéro, Gravures en lots et Gravures encadrées.

516 — Tableau. — Cornélis Ducart. — Intérieur Hollandais.

517 — Tableau. — Hawkins. — Paysage.

518 — Tableau. — Hawkins. — Paysage.

519 — Deux Gravures anciennes encadrées.

520 — Gravure. — Victor Hugo, d'après Bonnat.

521 — Gravure. — Portraits, d'après Bonnat.

522 — Gravure. — Plafond Baudry pour l'Opéra.

523 — Gravure. — Plafond Baudry pour l'Opéra.

524 — Aquarelle signée Andrieux. Cadre en bois.

525 — Gravure ancienne encadrée. — Voltaire.

526 — Aquarelle ancienne. — Retour du Militaire.

527 — Dessin à la plume — Descente de Croix.

528 — Gravure ancienne. — Tête de vieille femme.

529 — Gravure ancienne. — Mirabeau.

530 — Gravure ancienne. — Sanguine. Pastorale.

531 — Gravure ancienne. — Scènes flamandes.

532 — Peinture. — Vierge.

533 — Peinture, genre Lancret.

534 — Peinture. — Portrait de Femme, Louis XIV.

535 — Peinture encadrée. — Mariage sous le Directoire, de Larcher.

536 — Sepia. — Madeleine repentante.

537 — Dessin à l'encre de Chine.

538 — Deux grands Cadres en bois sculpté, époque
Louis XV.

539 — Berghem (Ecole de). — Deux Tableaux. —
Départ pour le Marché.—Marché d'animaux.

PARIS. — IMPRIMERIE CHAIX. — 23262-10-92. — (Encre Lorilleux).

www.ingramcontent.com/pod-product-compliance
Lightning Source LLC
LaVergne TN
LVHW021641170726
843501LV00007B/2354

9 782329 433967